Sur le fleuve Amazone

L'auteur : Mary Pope Osborne a écrit plus de quarante livres pour la jeunesse récompensés par de nombreux prix. Elle vit à New York avec son mari, Will, et Bailey, un petit terrier à poils longs. Tous trois aiment retrouver le calme de la nature, dans leur chalet en Pennsylvanie.

L'illustrateur : Philippe Masson, né à Rennes en 1965, est issu d'une famille de marins bretons. Actuellement, il vit à Tours avec son amie et ses deux enfants, Lucas et Mona. Il réalise également les dessins de la série Le château magique aux Éditions Bayard.

À Piers Pope Boyce.

Titre original : *Afternoon on the Amazon*
© Texte, 1995, Mary Pope Osborne.
Publié avec l'autorisation de Random House Children's Books,
un département de Random House, Inc., New York, New York, USA.
Tous droits réservés.
Reproduction même partielle interdite.
© 2009, Bayard Éditions
© 2005, Bayard Éditions Jeunesse
© 2003, Bayard Éditions Jeunesse pour la traduction française
et les illustrations.

Conception et réalisation de la maquette : Isabelle Southgate.
Colorisation de la couverture ; illustrations de l'arbre, de la cabane
et de l'échelle : Paul Siraudeau.

Loi n° 49 956 du 16 juillet 1949
sur les publications destinées à la jeunesse.
Dépôt légal : août 2005 – ISBN : 978 2 7470 1838 8
Imprimé en Allemagne par CPI – Clausen & Bosse

Les quatre premiers voyages de Tom et Léa

Un jour d'été, dans le bois de Belleville, Tom et sa petite sœur, Léa, découvrent une cabane, perchée tout en haut du plus grand chêne. La cabane est pleine de livres.

Mais, surtout, c'est une

cabane magique !

Il suffit d'ouvrir un livre, de poser le doigt sur une image en souhaitant se trouver à l'endroit représenté, et on y est aussitôt transporté !

Tom et Léa ne gardent de leurs voyages que de **bons souvenirs**, même si parfois ils se sont trouvés dans des situations bien

dangereuses !

Tom

Prénom : Tom

Âge : neuf ans

Domicile : près du bois de Belleville

Caractère : studieux et sérieux

Signes particuliers : aime beaucoup
les livres, qui l'aident à se sortir
de situations périlleuses.

Léa

Prénom : Léa

Âge : sept ans

Domicile : près du bois de Belleville

Caractère : espiègle et curieuse

Signes particuliers : ne manque jamais une occasion d'entraîner son frère Tom dans des aventures mouvementées, sans se soucier du danger.

La Cabane Magique

Sur le fleuve Amazone

Mary Pope Osborne

Traduit et adapté de l'américain
par Marie-Hélène Delval

Illustré par Philippe Masson

TREIZIÈME ÉDITION

bayard jeunesse

Souviens-toi...

Tom a échappé de justesse au terrible tyrannosaure.

Léa s'est perdue dans les sombres corridors d'une pyramide.

Les deux enfants ont dû plonger dans les douves du château fort.

Ils ont été les prisonniers du capitaine Bones.

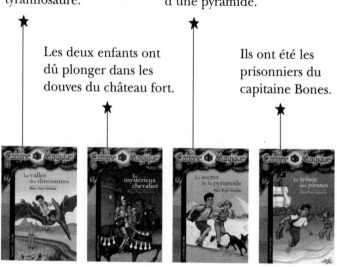

Mais, au terme de ces quatre aventures, nos deux héros ont découvert que la cabane appartenait à la *fée Morgane,* une magicienne et une célèbre bibliothécaire qui voyage d'âge en âge et de pays en pays pour rassembler des livres.

La disparition de la fée Morgane

Mais qu'est-il arrivé à la fée Morgane ?
Tom et Léa ont trouvé dans la cabane
magique un message alarmant...

Morgane est
en danger :

on lui a jeté
un mauvais sort !
Il faut la délivrer !

Pour cela, nos deux héros doivent

réunir
trois objets

qui les mettront sur la piste,
mais... quels objets ?
Ils n'en savent rien !

Lis bien les trois livres dans l'ordre,
peut-être résoudras-tu ce mystère avant eux !

N° 5, Sur le fleuve Amazone
N° 6, Le sorcier de la préhistoire
N° 7, Le voyage sur la Lune

À toi d'enquêter ! Bon voyage !

Cacahuète !

– On va voir ? propose Léa.

– Ce n'est pas la peine, soupire Tom. On y est allés hier, on y est retournés ce matin. La cabane n'est plus là.

Tom et Léa reviennent de la bibliothèque. Pour rentrer chez eux, ils passent tout près du bois de Belleville. C'est là qu'ils ont découvert la cabane magique. Et qu'ils ont rencontré la fée Morgane.

Mais Morgane a disparu, la cabane aussi. Réapparaîtront-elles un jour ?

– Tu fais ce que tu veux, dit Léa. Moi, j'y vais.

Elle prend le chemin du bois.

– Léa ! Attends ! Il va bientôt faire nuit !

Bien sûr, Léa n'écoute pas, comme d'habitude. Tom s'arrête. Il regarde les bois. Il a presque perdu l'espoir de revoir un jour la fée Morgane. Et de grimper de nouveau dans la cabane magique.

Soudain, la voix de Léa l'appelle au loin :

– Tom ! La cabane est revenue !

« C'est une blague », pense Tom. Mais son cœur s'est mis à battre plus fort.

– Viens vite, Tom !

– Toi, grommelle son frère, tu n'as pas intérêt à me faire marcher !

En fait de marcher, il se met à courir sur le sentier qui s'enfonce dans le bois. La nuit tombe, les grillons chantent. Il fait bien sombre sous les arbres.

– Léa ?

– Je suis là, Tom !

– Où ça, là ?

– Ici ! Lève la tête !

C'est vrai ! Léa lui fait de grands signes depuis la fenêtre de la cabane, en haut du plus haut chêne. L'échelle de corde pend le long du tronc, comme pour l'inviter à grimper. La cabane magique est de retour !

– Alors, tu montes ? crie Léa.

Tom attrape l'échelle ; il grimpe, il grimpe. On y voit plus clair, quand on domine la cime des arbres. Encore un échelon, et Tom est dans la cabane.

Il y a des livres partout, comme avant. Sur le sol, le grand M doré luit doucement. M comme Morgane la fée. Mais Morgane n'est pas là.

– Où peut-elle bien être ? murmure Tom.

– Kiiiiiiii !

Une souris s'échappe du tas de livres et court sur le plancher. Elle s'arrête entre les jambages du grand M, s'assied et regarde fixement les deux enfants.

– Oh ! fait Léa. Elle est trop mignonne !

C'est vrai qu'elle est mignonne, cette petite bête, avec sa douce fourrure brune et ses petits yeux ronds et noirs, Tom doit le reconnaître.

Léa tend la main, doucement. La souris

14

ne bouge pas. Léa caresse du bout du doigt la minuscule tête :

– Bonjour, Cacahuète ! Tu veux bien que je t'appelle Cacahuète ?

– Cacahuète ! soupire Tom en levant les yeux au ciel. Tu parles d'un nom pour une souris !

– Sais-tu où est Morgane, Cacahuète ? demande Léa.

– Kiiiiiii ! fait la souris.

– Si tu crois qu'elle va te répondre ! se moque Tom. Ce n'est pas parce que cette souris est entrée dans la cabane magique qu'elle est magique, elle aussi !

À cet instant, Tom aperçoit un morceau de papier qui traîne sur le plancher :

– Hé ! Qu'est-ce que c'est que ça ?

– Quoi ?

Tom se baisse et ramasse le papier. Quelques mots sont écrits dessus. Tom les lit, puis il souffle :

– Ça alors !

– Qu'est-ce que c'est ?

– On dirait un message de Morgane ! Elle paraît en danger !

Un livre ouvert

Tom montre le papier à sa sœur.
On y lit :

> *Aidez-moi - mauvais sort -*
> *Trouvez trois obj*

– Qu'est-ce que c'est, des « obj » ?

– Je pense qu'elle voulait écrire « objets »,
dit Tom, et qu'elle n'a pas eu le temps
de finir.

– Quelqu'un a dû lui lancer un mauvais
sort, suppose Léa. Et ça l'a fait disparaître.

– Probablement. Mais elle a peut-être laissé un autre indice ?

Tom fouille la cabane du regard.

– Là ! crie Léa en montrant un livre abandonné dans un coin. C'est le seul livre ouvert !

Tom s'empare du volume et regarde la couverture. On y voit une forêt verte et dense, avec des arbres immenses. Le titre est : *La forêt tropicale.*

– Oh non ! souffle Léa. Pas ça !

– Pourquoi ? s'étonne Tom.

– Parce que ! On a parlé de cette forêt, en classe. Elle est pleine de sales bêtes et d'énormes araignées !

– C'est vrai, dit Tom. La moitié des insectes qui y vivent n'ont même pas encore été répertoriés ! C'est super !

– Tu trouves ? fait Léa en frissonnant.

Tom, lui, se voit déjà décrire dans son carnet ces insectes inconnus. Peut-être

même pourra-t-il leur trouver des noms ?
Il reprend :

– Qu'est-ce qui t'inquiète ? Tu n'as pas eu peur des dinosaures !

– Et alors ?

– Tu ne t'es pas laissé impressionner par les gardes du château, ni par le fantôme de la momie ! Tu as même tenu tête aux pirates ! Tu ne vas pas me dire que de malheureuses petites bestioles te fichent la trouille !

– Si.

– Écoute, insiste Tom, on n'a pas le choix. Si on veut aider Morgane, on doit aller là-bas. Elle a besoin de nous. C'est pour ça qu'elle a laissé ce livre ouvert.

– Je sais.

– De plus, continue Tom, on coupe tellement d'arbres dans la forêt amazonienne qu'elle va bientôt disparaître. C'est notre dernière chance de la découvrir avant qu'il ne soit trop tard !

Léa inspire profondément et hoche la tête.

– Bon, décide Tom. On y va !

Il ouvre le livre, il pose son doigt sur une image montrant un fouillis de feuilles vertes et de fleurs éclatantes et déclare :

– Nous souhaitons voir cette forêt !

Aussitôt, le vent se met à souffler.

– Kiiiiiiii !

– Accroche-toi, Cacahuète, dit Léa en fourrant la souris dans sa poche.

Le vent souffle plus fort. Lentement, la cabane se met à tourner. Tom ferme les yeux. Le vent hurle, maintenant. La cabane magique tourne de plus en plus vite. Elle tourbillonne comme une toupie folle.

Puis tout se tait, tout s'arrête.

De curieux petits bruits remplissent soudain le silence.

Criiiiiiiiiiii…

Bzzzzzzzzzz…

Chirp, chirp, chirp…

À la cime
des arbres

Tom ouvre les yeux. Le soleil brille. L'air est humide et chaud.

– On a atterri dans des buissons, dit Léa, déjà penchée à la fenêtre.

– Kiiiiiiii ! fait Cacahuète en sortant la tête de la poche.

Tom va regarder à son tour. La cabane est posée sur une énorme masse de feuilles vertes et luisantes. Des papillons multico-lores volettent autour des fleurs, exacte-ment comme sur l'image du livre.

– C'est bizarre, remarque Tom. Pourquoi

la cabane ne s'est-elle pas posée en haut
d'un arbre, comme d'habitude ?

– Je n'en sais rien, dit Léa. Mais ne restons
pas là. Il faut chercher le…, l'objet, enfin,
le truc pour délivrer Morgane !

– Une minute ! la retient Tom. Je me
demande vraiment ce qu'on fait dans ces
buissons ! Ce n'est pas normal. Attends un
peu que je regarde dans le livre.

– On n'a pas le temps, tu regarderas plus tard. Et puis, comme ça, on n'a pas besoin de l'échelle de corde. On n'a qu'à sauter par la fenêtre !

Léa met Cacahuète en sécurité au fond de sa poche et enjambe le rebord de la fenêtre.

– Attends ! crie Tom.

Il retient sa sœur par une jambe, et il lit à haute voix :

Les arbres de la forêt tropicale peuvent atteindre 50 mètres de haut. Leur cime s'appelle la canopée. En dessous se développe un réseau serré de lianes et de plantes grimpantes. Au niveau du sol, le sous-bois est très obscur.

– Stop ! Ne saute pas, Léa ! On est à plus de cinquante mètres du sol ! Dans la canopée !

– Ouille ! fait la petite fille.

Et elle retire vite son autre jambe, qui pendait dans le vide.

– On descend par l'échelle, comme d'habitude, décide Tom.

Il écarte de la main les feuilles qui encombrent l'ouverture de la trappe. En se penchant, il aperçoit les premiers échelons, qui s'enfoncent dans un fouillis de branches. Mais il ne voit pas plus loin.

– Je ne sais pas trop ce qu'il y a en bas, dit-il. Soyons prudents !

Il range le livre dans son sac à dos, et il commence à descendre. Léa le suit, Cacahuète blottie au fond de sa poche.

Tom progresse lentement à travers l'épais feuillage. Sous la canopée, ils entrent dans un monde complètement différent. Le soleil n'y pénètre pas. L'air est plus frais, mais toujours aussi humide. On n'entend aucun bruit. Tom frissonne. Jamais il n'a mis les pieds dans un endroit aussi effrayant.

Des bestioles
par millions !

Tom s'immobilise, agrippé à l'échelle. Il regarde vers le bas. Le sol est encore tellement loin !

– Quelque chose ne va pas ? demande Léa, qui s'est arrêtée juste au-dessus de lui.

Tom ne répond pas.

– Tu n'as pas vu une araignée géante ou un truc comme ça, j'espère ?

– Non, non...

« Il faut pourtant qu'on descende, pense-t-il. Il faut qu'on trouve l'objet qui peut sauver Morgane... »

– Non, poursuit-il. Pas d'araignées, rien de dangereux.

Et il reprend la descente. Heureusement, l'échelle de corde semble s'être allongée. Elle est sans doute magique, elle aussi !

Enfin, Tom pose le pied sur le sol.

Seuls quelques minces rayons de lumière traversent les entrelacs du feuillage. Des lianes pendent de partout. Le sol est couvert d'un épais tapis de feuilles mortes.

– Avant de se risquer là-dedans, on ferait bien de consulter le livre, dit Tom.

Il le sort de son sac et le feuillette jusqu'à ce qu'il trouve une image représentant le sous-bois obscur. Il lit :

Beaucoup d'insectes de la forêt tropicale sont les rois du camouflage. Leur forme et leur couleur leur permettent de se confondre avec les feuilles ou les branches.

– Ouah ! s'écrie-t-il en refermant le livre. C'est plein de petites créatures, ici. Seulement, on ne les voit pas !
– Tu es sûr ? souffle Léa.
Tous deux jettent autour d'eux des regards inquiets, persuadés que des millions d'yeux invisibles sont en train de les observer.
– Dépêchons-nous de trouver la « chose » pour sauver Morgane, dit Léa.

– Oui, mais… comment on saura qu'on l'a trouvée ?

– Ben…, on le saura, c'est tout. Allez, viens !

Léa avance prudemment dans la lumière verdâtre du sous-bois. Tom la suit. Ils contournent d'énormes troncs d'arbres, écartent les lianes. Soudain, Léa s'arrête :

– Écoute !

– Quoi ?

– J'entends un drôle de bruit !
Tom tend l'oreille. Et lui aussi,
il entend. On dirait des pas.
Les pas de quelqu'un qui
marche dans les feuilles en
traînant les pieds. Tom regarde de tous ses yeux. Il ne
voit personne. Le bruit se
rapproche. Est-ce un ani-
mal ? Un insecte géant ?
Ou… une chose qui n'a
pas de nom ?

Et, d'un seul coup, la forêt silencieuse s'anime.
Des oiseaux s'envolent
dans un grand bruis-
sement d'ailes, des
grenouilles bondis-
sent entre les hautes
herbes, des lézards

filent comme des flèches sur l'écorce des troncs. L'étrange bruit se rapproche encore.

– Il y a peut-être une explication dans le livre, chuchote Tom.

Il le sort de son sac, le feuillette hâtivement. Et il tombe sur une image représentant une foule de petits animaux en fuite. Il lit :

Quel est ce bruit qui sème la panique chez les bêtes de la forêt ? C'est une armée de fourmis carnivores marchant dans les feuilles mortes !

– Des fourmis ! crie Tom. Des millions de fourmis !

– Où ça ? s'affole Léa.

Les deux enfants regardent autour d'eux. Rien.

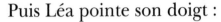

Puis Léa pointe son doigt :

– Aaaah !

L'armée des fourmis est là, elle s'avance. Des milliers et des milliers de fourmis.

– On court à la cabane ! lance Léa.

Oui, mais… où est-elle, la cabane ? On ne voit pas l'échelle de corde. Rien que des lianes, toutes pareilles, accrochées à des arbres qui se ressemblent.

– On court quand même ! décide Léa.

Ils s'élancent entre les énormes troncs, ils enjambent des racines, ils se prennent dans les lianes. Tom distingue enfin un espace plus clair, plein de soleil. Il crie :

– Par là !

Ils courent, ils courent, ils traversent des buissons. Et ils surgissent, hors d'haleine,

sur la berge d'un fleuve. Ils s'arrêtent,
contemplent les flots boueux qui coulent,
lentement.

– Tu crois que les fourmis vont venir
jusque-là ? s'inquiète Léa.

– Si on avance un peu dans
l'eau, on sera en sécurité.
Les fourmis n'aiment
pas l'eau.

– Voilà ce qu'il nous faut ! s'exclame Léa en désignant un tronc couché sur la rive. L'intérieur du tronc est creux, on dirait un canoë.

Le vacarme produit par l'armée des fourmis affamées marchant dans les feuilles mortes résonne soudain, tout près.

– On monte là-dedans, vite ! crie Tom en fourrant le livre dans son sac à dos.

Ils grimpent tous les deux dans le canoë de fortune. Léa pousse des deux mains pour éloigner leur embarcation de la rive.

– Attends ! dit Tom. On n'a rien pour ramer !

Trop tard ! Le canoë dérive déjà au fil de l'eau.

5

Oh, les jolis poissons !

– Kiiiiiiii !

Léa tapote la tête de la petite souris, qui dépasse de sa poche :

– Ne t'en fais pas, Cacahuète, on est sauvés ! Les vilaines fourmis carnivores ne peuvent pas nous attraper ici !

– On a peut-être échappé aux fourmis, dit Tom, mais je ne sais pas où le fleuve nous emmène !

La rive défile lentement. Des lianes entrelacées pendent aux branches des arbres et traînent dans l'eau.

– Voyons ce que raconte
le livre, propose Tom.
Il le sort de son sac, le
feuillette et trouve l'image
qui l'intéresse. Il lit :

**Le fleuve Amazone est
le plus long du monde.
Il prend sa source dans
les montagnes du Pérou,
il traverse le Brésil, et va
se jeter dans l'Atlantique
après avoir parcouru
6 762 kilomètres. Sur
ses rives pousse une
immense forêt
tropicale.**

Tom et Léa se regardent. Ils regardent le fleuve. Presque sept mille kilomètres ! C'est fabuleux !

– Il faut que je note ça ! s'exclame Tom.

Il sort son carnet de son sac et commence à écrire :

> L'Amazone,
> le plus long fleuve
> du monde, est...

Léa laisse traîner sa main dans l'eau. Elle dit :

– Tom, tu as vu ces poissons ?

– Hein ?

Tom lève le nez de son carnet. Léa lui montre un poisson bleu au ventre rouge qui nage tout près de leur embarcation.

– Des piranhas ! hurle Tom.

Léa retire vivement sa main.

– Tes jolis poissons, grommelle son frère,

ils sont capables de dévorer un buffle en quelques minutes ! Et même des gens ! On ferait mieux de regagner la rive.

– Oui, mais comment ? On n'a pas de rames !

Tom s'efforce de rester calme :

– On va se débrouiller.

Il remarque alors une grosse branche qui flotte tout près.

– Essaie d'attraper cette branche, dit-il. Ça nous fera une pagaie.

Léa se penche. Mais…

La branche sort sa tête de l'eau et ouvre une énorme gueule pleine de dents !

– Un crocodile ! crie la petite fille en se rejetant en arrière.

L'animal referme sa gueule. Il longe le canoë et rampe sur la rive.

– La vache ! lâche Tom.

– Ce n'est pas une vache, essaie de plaisanter Léa. Je te dis que c'est un crocodile !

Ça ne fait pas rire Tom. Mais, comme le canoë s'apprête à passer sous une voûte de lianes, il propose :

– On n'a qu'à attraper une liane et tirer dessus pour se rapprocher de la rive.

– Bonne idée !

Tom se redresse. Le canoë manque de chavirer, Tom se rétablit de justesse. Il ordonne à sa sœur :

– Fais contrepoids !

Léa se penche de l'autre côté. Tom se lève de nouveau, il tend la main. Raté ! Il essaie encore une fois.

Cette grosse liane, là, il va…

Oui ! Il la tient !

La liane est lisse et froide, et elle remue dans sa main.

– AAAAAAH !

Tom pousse un hurlement et se laisse retomber dans l'embarcation. La liane est vivante ! C'est un mince et long serpent vert, qui glisse du haut d'une branche,

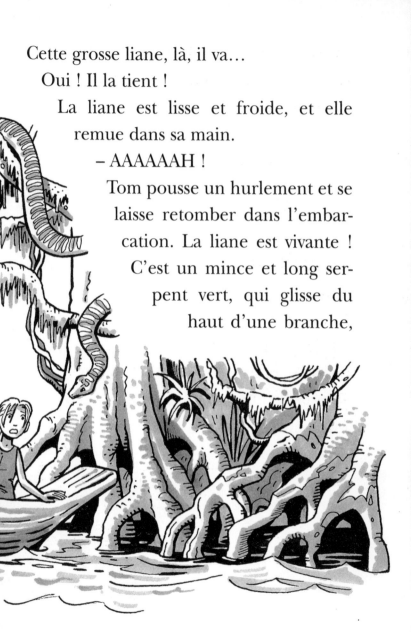

plonge dans l'eau et s'enfuit sans bruit.

– Fffff ! souffle Tom. C'est sûrement ce qu'on appelle un serpent-liane !

– Qu'est-ce qu'on va faire, maintenant ? balbutie Léa.

– Eh bien, on va…

Tom réfléchit. S'agripper à une liane ne lui paraît plus une si bonne idée.

Un cri aigu les fait soudain sursauter tous les deux.

Ils lèvent les yeux, terrorisés. Quelle affreuse créature vont-ils encore découvrir ? Ouf ! Ce n'est qu'un singe ! Un mignon petit singe au poil brun, qui se balance, pendu à une branche par sa longue queue.

Malin comme un singe

6

– Kiiiiiii ! Kiiiiiii !

La souris pointe son museau hors de la poche de Léa. Ses pattes s'agitent, ses moustaches frémissent.

– N'aie pas peur, Cacahuète, la rassure la petite fille, ce n'est qu'un petit singe. Il ne te fera pas de mal ; regarde comme il a l'air gentil !

Le singe cueille un gros fruit orangé qui pend à une branche, et... il le lance sur le canoë !

– Attention ! crie Tom.

Il baisse la tête. Le fruit tombe à l'eau en éclaboussant les enfants.

Le singe grimace et montre les dents. Il saisit un autre fruit.

– Hé, toi, là-bas ! Ça suffit ! proteste Léa.

Le deuxième projectile la frôle et tombe dans l'eau derrière elle avec un gros splash !
– Mais arrête, quoi !
Le singe gesticule et pousse des cris perçants. Il arrache un troisième fruit et le jette de toutes ses forces. Cette fois, le fruit atterrit en plein milieu du canoë. Léa le ramasse, elle se lève et le renvoie sur le

singe. Raté ! Le canoë tangue. Léa perd l'équilibre et manque de tomber à l'eau.

Le singe semble déchaîné. Il criaille on ne sait quoi en langage singe.

– Va-t'en, sale bête ! hurle Léa. Tu es trop moche !

Le singe se tait brusquement, il dévisage la petite fille d'un drôle d'air. Puis, en se balançant, il s'accroche à une branche et disparaît dans l'épaisseur de la forêt.

– Tu l'as vexé, remarque Tom.

– Bien fait pour lui ! Il n'avait qu'à ne pas nous lancer des trucs à la tête !

À ce moment, de grosses gouttes de pluie s'écrasent autour d'eux en crépitant.

– Allons bon, grogne Tom. Il pleut !

– C'est normal. Il pleut tout le temps, dans la forêt tropicale. On l'a appris à l'école !

Un violent coup de vent pousse le canoë. Le tonnerre gronde.

– On va avoir une tempête, dit Tom. Ne

restons pas sur l'eau, c'est dangereux. Regagnons le rivage tout de suite.

– Facile à dire ! Je te signale qu'on ne peut pas y aller à la nage, c'est plein de serpents, de crocodiles et de piranhas, là-dedans !

De nouveaux cris attirent leur attention.

– Oh non ! grogne Tom. Cette saleté de singe est de retour ! Cette fois, l'animal est armé d'un long bâton, qu'il agite d'un air menaçant. Va-t-il le lancer vers le canoë comme une lance ? Tom se recroqueville, la tête dans ses bras. Léa, elle, se redresse et vocifère :

– Hé ! Ho ! Qu'est-ce que tu veux encore ?

– Baisse-toi, lui souffle Tom.

Léa et le singe s'affrontent du regard un

bon moment. Puis le singe fait une drôle de grimace. C'est drôle, on dirait qu'il sourit. Léa sourit aussi.

Tom risque un œil :

– Qu'est-ce qui se passe ?

– Mais oui, s'écrie Léa, j'ai compris ! Il veut nous aider !

– Hein ?

Léa a raison ! Le singe lui tend son long bâton. Elle en attrape l'extrémité. Le singe tire, et le canoë se rapproche lente-ment de la rive.

Minet, Minet !

La pluie tombe dru, maintenant.

Tom et Léa sautent du canoë. Devant eux, le singe se balance de branche en branche, le long de la berge. Puis il se retourne, agite les bras en poussant de petits cris.

– Il nous fait signe de le suivre, dit Léa.

– Ce n'est pas en courant après un singe qu'on va trouver l'objet qui peut sauver Morgane ! rouspète Tom. Rentrons !

– Tu ne vois donc pas qu'il veut nous aider ?

La petite fille court derrière le singe, et elle disparaît dans la forêt.

– Léa !

Un coup de tonnerre couvre la voix de Tom.

– Mais c'est pas vrai ! grogne-t-il

Et il se lance sur les pas de sa sœur. Il pleut de plus en plus fort. Heureusement, la voûte des arbres forme comme un immense parapluie.

– Léa !

– Tom ! Dépêche-toi !

– Où es-tu ?

– Je suis là !

Tom fonce dans la direction d'où vient la voix. D'abord, il voit le singe, pendu par la queue à une branche, qui pousse de petits cris pressants, l'air de dire : « Remue-toi un peu, quoi ! »

Puis Tom découvre

Léa, accroupie sur la mousse. Elle joue avec une sorte de gros bébé chat.

– Qu'est-ce que c'est ? demande Tom.

– Je ne sais pas, mais je l'aime trop ! Regarde comme il est mignon !

– Oh, toi ! grommelle Tom. Même les dinosaures, tu les trouvais « mignons » ; alors !

Le petit animal donne des coups de patte joyeux à Léa. Sa fourrure dorée est tachetée de noir. Tom sort le livre de son sac et le feuillette.

– Minet, Minet ! bêtifie Léa.

Ça y est, Tom a trouvé une image de l'animal. Il lit :

**L'ocelot est un redoutable prédateur.
Son pelage tacheté le rend presque
invisible. Grâce à ses griffes acérées,
il chasse même dans les arbres.**

– Laisse ce minet tranquille, conseille
Tom à sa sœur. C'est un bébé ocelot. Il va
devenir un vrai prédateur, et…

– C'est quoi, un prédateur ? demande Léa.

GRRRR !

Un terrible grondement lui répond.

Tom se retourne.

La mère ocelot avance lentement, une
patte après l'autre. Ses babines retroussées
découvrent de longs crocs luisants. Son
regard doré fixe Léa.

– Ne bouge surtout pas ! souffle Tom.

Léa se fige. Le fauve s'approche toujours.
Il va bondir !

– Au secours ! gémit Tom d'une petite
voix inaudible.

Brusquement, le singe se laisse tomber du haut de sa branche. Il attrape la queue de l'ocelot et il tire dessus. Le fauve pivote en grondant.

Léa saute sur ses jambes.

Le singe lâche la queue de l'ocelot et s'enfuit de liane en liane, entraînant le fauve à sa suite.

– Cours, Léa ! crie Tom.

Tous deux s'élancent à perdre haleine dans l'autre sens.

Vampires ou chauves-souris ?

Tom et Léa s'arrêtent enfin et tâchent de reprendre leur souffle.

– Ouf ! dit Tom. On lui a échappé !

– Et notre petit singe ? s'inquiète Léa. J'espère que la mère ocelot ne l'a pas rattrapé !

– Pas de danger, les singes sont trop agiles !

« Quoique..., pense Tom, les ocelots sont agiles aussi. Et ils grimpent même aux arbres. » Mais il garde ses réflexions pour lui.

– Kiiiiiiii !

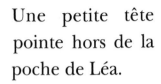

Une petite tête pointe hors de la poche de Léa.

– Cacahuète ! Je t'avais oubliée ! Ça va ? Tu n'as pas été trop secouée ?

La souris fixe la petite fille de ses yeux ronds comme des perles.

– Pauvre Cacahuète ! s'attendrit Tom. Elle a dû avoir peur !

– Et pauvre petit singe ! soupire Léa. Où peut-il bien être ?

– Le singe, il est dans sa forêt à lui, dit Tom. Nous, par contre, on est bien loin de notre bois ! Comment allons-nous y retourner, maintenant ?

Il sort le livre de son sac dans l'espoir d'y trouver un indice qui puisse les aider.

Il tourne les pages et s'arrête soudain sur une image :

– Oh non ! lâche-t-il.

Sous l'image, la légende dit :

Les vampires sont de grosses chauves-souris qui vivent dans la forêt tropicale. La nuit, elles sucent le sang des animaux endormis.

Tom ne se sent pas très bien, tout à coup.

– Des chauves-souris vampires ? répète Léa.

Tom hoche la tête :

– Oui. Elles sortent à la nuit tombée.

Les deux enfants jettent autour d'eux des regards effrayés. Il fait de plus en plus sombre dans cette forêt.

– On devrait rentrer à la maison, dit Léa d'une toute petite voix.

Tom acquiesce en silence ; pour une fois, il est d'accord avec sa sœur.

– Oui, mais… notre mission ? demande Léa. On ne peut pas laisser tomber Morgane !

– On reviendra, lui assure Tom. Et, cette fois, on aura préparé notre expédition.

– On reviendra… demain ?

– Oui, demain. Maintenant, il faut retrouver la cabane. Voyons, elle doit être… par là ! Et Tom tend le bras dans une direction.

– Par là ! déclare au même moment Léa, en indiquant la direction opposée.

Ils se regardent et lâchent d'une seule voix :

– On est perdus !

– Kiiiiiiii !

– N'aie pas peur, Cacahuète, dit Léa en caressant la tête de la petite bête.

– Kiiiiiiii ! Kiiiiiiii ! Kiiiiiiii !

– Tom ! Je crois que Cacahuète veut nous aider !

– Comment ça ?

Léa ne répond pas. Elle sort la souris de sa poche et la pose sur le sol :

– Ramène-nous à la maison, Cacahuète !

Frrrrt ! La souris disparaît.

– Où est-elle partie ? s'affole Léa. Je ne la vois plus !

– Là-bas ! crie Tom en montrant les feuilles mortes qui s'agitent. Les deux enfants s'élancent sur la trace de la petite bête. De temps en temps, sa tête brune surgit, puis s'enfonce de nouveau.

Soudain, le léger mouvement cesse.

Plus une feuille ne bouge.

– Où est-elle passée ? demande Tom.

Il cherche du regard. Rien.

– Tom ! Ici !

Tom se retourne. Léa désigne quelque chose qui pend le long d'un tronc, à moitié caché dans les lianes. L'échelle de corde !

– Ouf ! soupire Tom.

– Cacahuète nous a sauvés ! s'écrie Léa. Regarde !

La souris est en train d'escalader la corde.

– Vite, montons !

Tous deux s'empressent de suivre leur minuscule guide, qui les conduit jusqu'à la cabane magique perchée là-haut, tout là-haut, dans la canopée.

Le premier objet

Lorsqu'ils pénètrent enfin dans la cabane, tout essoufflés, Tom et Léa découvrent Cacahuète assise sur un tas de livres. Léa caresse du doigt la mignonne petite tête.

– Merci, dit-elle.

– Je vais écrire tout de suite deux ou trois choses dans mon carnet, pour ne pas les oublier, dit Tom. Cherche le livre sur le bois de Belleville, pendant ce temps-là.

Ce livre, c'est celui qui va les ramener chez eux. Tom sort son carnet et son stylo. Lui qui voulait prendre des notes comme un vrai explorateur, tout ce qu'il a eu le temps d'écrire, c'est :

L'Amazone, le plus long fleuve du monde, est...

Un peu maigre !

– Il n'est pas là, dit Léa.

– Quoi ?

– Le livre. Il n'est pas là, Tom !

Tom balaie la cabane du regard. C'est vrai, le livre sur le bois de Belleville n'y est pas.

– Misère ! gémit Tom. Comment on va rentrer ?

– Il fait nuit, maintenant. Les chauves-souris vampires vont arriver !

Au même instant, une ombre passe devant l'ouverture de la fenêtre.

– Aaaaaaah ! crient Tom et Léa en se couvrant la tête de leurs bras.

Poum ! Quelque chose roule sur le plan-

cher de la cabane. C'est un fruit. Un gros
fruit orangé. Tom lève les yeux.

Le singe est assis sur le rebord de la
fenêtre, la tête penchée d'un air coquin.
On dirait qu'il rigole.

– C'est toi ! s'écrie Léa. Tu as échappé à
la grosse bête ! Mais, pourquoi tu n'arrêtes
pas de nous jeter des trucs ?

Le singe saute dans la cabane.

Il ramasse le fruit et le brandit.

– Arrête ! crie Tom en se baissant.

Le singe ne lance pas le fruit. Il l'offre à Léa en remuant les lèvres comme s'il tentait de dire quelque chose.

– Oh ! fait Léa, pensive. Je crois que je comprends…

Léa tend sa main, paume ouverte, et le singe y pose le fruit.

– Tu te rappelles, l'« objet » pour sauver Morgane, pour la libérer du mauvais sort…

– Oui, dit Tom. Et alors ?

– Alors, c'est ça ! C'est un fruit ! Cette gentille petite bête essayait de nous le donner, et nous, on croyait qu'il nous jetait des trucs à la tête !

Au même instant, Tom s'écrie :

– Le livre ! Notre livre ! Il est là !

– Tu vois ! Il fallait qu'on trouve l'objet. On l'a trouvé, et le livre est revenu ! C'est normal, c'est magique !

Le singe se met à faire des galipettes en applaudissant. Léa éclate de rire :

– Comment tu savais ça ? Qui te l'a dit ?

Le singe agite la main ; puis il saute par la fenêtre.

– Attends !

Trop tard ! Le singe est parti. Il a disparu dans l'épaisseur des feuilles.

– Au revoir ! lui crie Léa. Et promets-moi de

ne plus tirer la queue de la maman ocelot !
Un petit cri joyeux lui répond du fond de
la mystérieuse forêt.
Tom ramasse son carnet et se relit :

L'Amazone, le plus long
fleuve du monde, est...

Rapidement, il ajoute :

... formidable !

Léa prend le livre. Elle cherche la bonne
image, elle pose son doigt dessus et elle
prononce la phrase habituelle :
– Nous souhaitons revenir dans le bois de
Belleville !
Le vent se met à souffler, les feuilles frémissent. Le vent souffle plus fort, la cabane
commence à tourner. Elle tourne, elle tourne
de plus en plus vite. Puis tout s'arrête.

Un sur trois

– Kiiiiiiii !

Tom ouvre les yeux. Cacahuète est perchée sur le rebord de la fenêtre. Il pousse
un soupir de soulagement :

– On est revenus chez nous !

Sa sœur soulève le gros fruit orangé dans
la paume de sa main et l'observe à la
lumière du soleil couchant.

– Qu'est-ce que c'est, au juste ?

– On trouvera peut-être la réponse dans le
livre sur la forêt tropicale, dit Tom.

Il l'ouvre de nouveau, le feuillette.

– Ça y est ! s'écrie-t-il en montrant une image.

Il lit à haute voix :

**La mangue a un goût sucré
qui rappelle celui de la pêche.**

– Une mangue ? Je vais goûter !

Léa approche le fruit de sa bouche.

– Arrête !

Tom lui enlève la mangue. Il va la poser sur le grand M dessiné sur le plancher.

– C'est un des trois objets qui vont nous permettre de délivrer Morgane, affirme-t-il. Tu ne vas quand même pas la manger !

– Tu es sûr ?

– Évidemment ! Mangue ! Avec un M, comme Morgane ! On n'a plus que deux objets à trouver.

– Courage, Morgane ! crie Léa. Tu seras bientôt libérée !

– Tu crois qu'elle t'entend ? fait Tom en secouant la tête.

– Oui, elle m'entend !

– Comment tu le sais ?

– Je le sens.

– Kiiiiiiii !

La souris les regarde de ses petits yeux brillants.

– On va être obligés de te laisser ici, Cacahuète, lui dit Tom.

– Et si on l'emmenait avec nous ?

Tom secoue la tête :

– Maman ne voudra jamais d'une souris à la maison ! Tu sais bien qu'elle déteste les souris !

– Comment peut-on détester les souris ?
C'est tellement mignon !

– Toi, tu détestes bien les araignées !

– C'est pas pareil !

Léa tapote gentiment la tête de la petite
bête :

– Au revoir, Cacahuète. Merci pour ton
aide !

– Kiiiiiiii ! répond Cacahuète

Tom va poser le livre qui les a fait voyager
en haut de la pile, sur celui des pirates.
Il met son sac sur son dos et se dirige vers
la trappe. Léa le suit. Ils descendent par l'é-
chelle. Ils reprennent le sentier du bois...
Comme ils sont loin de la mystérieuse
forêt amazonienne ! Les feuilles luisent
dans les derniers rayons du soleil. Les
oiseaux pépient gentiment. Aucun risque
de rencontrer un fauve affamé, ni un crocodile, ni un serpent-liane, ni une armée
de fourmis carnivores !

Léa soupire :

– C'est dommage que le petit singe n'habite pas dans notre bois ! Il n'était pas méchant ! Il voulait seulement nous donner la mangue !

– Je sais, dit Tom. D'ailleurs, aucune bête n'est méchante.

– Oh si, quand même ! Les piranhas…

– Les piranhas sont des piranhas ! Ils font ce que font les piranhas, c'est tout !

Léa réfléchit une seconde. Puis elle approuve :

– Et les crocodiles sont des crocodiles. Ils font ce que font les crocodiles !

– Exactement ! Et la mère ocelot…

– La mère ocelot, elle défendait son bébé, la pauvre !

Léa se tait un instant, puis elle ajoute :

– Tout de même, je n'aime pas les araignées !

– Tu n'as pas besoin de les aimer ! Tu n'as qu'à les laisser tranquilles.

Tom pense à ces millions d'insectes inconnus qui grouillent dans la grande forêt tropicale. Au fond, quelle importance s'ils n'ont pas de nom ? Eux, ils savent qui ils sont !

– Cours, Tom ! s'écrie soudain Léa. Il y a une armée de fourmis derrière nous !

Ils partent à fond de train, ils jaillissent du bois, ils remontent la rue au galop, ils traversent leur pelouse. Ils arrivent hors d'haleine sur le seuil de leur maison. Et ils se laissent tomber sur les marches en riant comme des fous. Sauvés !

À suivre...

Découvre vite la suite
des aventures de Tom et Léa dans
Le sorcier de la préhistoire.

La Cabane magique

propulse
Tom et Léa
à l'époque
glaciaire

★ 2 ★
Les chasseurs

Tom, Léa et Cacahuète se penchent à la fenêtre. De gros flocons tombent du ciel gris. La cabane est à la cime de l'arbre le plus haut, au milieu d'un bosquet d'autres arbres aux branches dénudées. Tout autour s'étend une vaste plaine blanche. Plus loin se dresse une falaise rocheuse.

– Il f-f-f-fait f-f-f-froid…

Léa s'enveloppe dans sa serviette de bain en claquant des dents.

– Ki-ki-kiiiiiiii ! se plaint la souris.

– Pauvre Cacahuète ! compatit Léa. Je vais te mettre dans une poche du sac à dos de Tom, tu auras moins froid !

– Il nous faut des vêtements chauds, dit Tom. Retournons à la maison.

– On ne peut pas. On ne retrouvera pas le livre avec l'image de notre bois tant qu'on n'aura pas rempli notre mission, tu le sais bien ! C'est comme ça, avec la cabane magique !

– Oh, j'avais oublié !

– Mais où sommes-nous ? demande Léa.

★ ★ ★ ★ ★ ★ ★ ★ ★ ★ ★

– On va savoir ça tout de suite !

Tom ramasse le livre ouvert et lit le titre en couverture : *La vie à l'époque glaciaire.*

– L'époque glaciaire ! s'écrie Léa. Pas étonnant qu'on soit gelés !

– Oui ! On a intérêt à trouver en vitesse la deuxième chose qui commence par un M ! Sinon, on va être transformés en statues de glace !

Tom fouille dans son sac à dos et en sort deux T-shirts :

– Tiens, dit-il en tendant le plus petit à Léa, on peut au moins enfiler ça. Tu vois que j'ai eu raison de les emporter !

Léa hoche la tête et passe le T-shirt. Puis elle se penche de nouveau à la fenêtre et chuchote :

– Là ! Il y a quelqu'un !

Elle désigne du doigt quatre silhouettes, au sommet de la falaise, deux grandes et deux petites, qui portent des sortes de lances.

– Qui sont ces gens ?

– Je vais regarder dans le livre, dit Tom.

Il tourne les pages et trouve une image avec cette légende :

**Les humains de l'époque glaciaire
nous ressemblaient déjà beaucoup.
On les appelle les hommes de Cro-Magnon.**

– Qu'est-ce qu'ils vont faire avec ces lances ? demande Léa.

Tom tourne encore quelques pages. Il lit :

> Les hommes de Cro-Magnon sont d'excellents chasseurs. Parfois, ils creusent des fosses, les recouvrent de branchages, et poussent les rennes ou les buffles vers le piège.

– Pauvres bêtes ! C'est méchant !

– Que veux-tu ! dit Tom. Ces gens vivent de la chasse. Ils n'ont pas de supermarchés, figure-toi !

Le petit groupe de chasseurs disparaît de l'autre côté de la falaise.

Tom et Léa réussiront-ils
à survivre malgré
le froid et la neige ?

Trouveront-ils
le deuxième « objet »
nécessaire pour délivrer la fée Morgane ?

Si tu as envie de nous donner
tes impressions sur la série
ou de nous parler de tes propres voyages
réels ou imaginaires,
n'hésite pas à nous écrire !

Bayard Éditions
Série Cabane Magique
18, rue Barbès
92128 Montrouge Cedex

N'oublie pas d'écrire
ton nom et ton adresse sur la lettre !